창비시선 109

심호택 시집

하늘밥도둑

창비

차   례

제 1 부

제 2 부

제 3 부

제 4 부

제 5 부

제 1 부

그만큼 행복한 날이

그만큼 행복한 날이
다시는 없으리
싸리빗자루 둘러메고
살금살금 잠자리 쫓다가
얼굴이 발갛게 익어 들어오던 날
여기저기 찾아보아도
먹을 것 없던 날

아무것도 모를 때

다랑논가에서
콩잎에 붙은 땅깨비를 잡아
유리병에 담았느니라

도랑물가에서
송사리떼 들여다보며
갈잎배 만들어 띄웠느니라

달아난 참게를 기다려
저물도록 지켜앉아 있었느니라
우리들 아무것도 모를 때

그 조그만 것들 모두 어디로 갔나
쓸 데도 없이 우리는
너무나 많은 것을 배웠느니라

똥구멍 새까만 놈

대엿 살 철부지 때
할아버지께 붓글씨 배웠지요
종이 귀할 때라 마분지에다
한일자 열십자 수월찮이 그렸지요
종이에 흰 구석 남긴 날
그분께서 꾸짖으시기를
듣거라
최생원네 손자 공부하는 법이니라
연필로 먼저 쓰고 그 위에
철필로 다시 쓰고 그 위에
또다시 붓으로 빽빽이 써서
그 종이에 허연 데 도무지 아니 보이구서야
뒷간으로 보내느니라 ——
눈물 그렁그렁
꿇어앉아 그 말씀 들으면서
나는 속으로 부아통이 터졌지요 그래
징게맹경 어딘가 최생원네 손자란 놈

제아무리 잘났어도
똥구멍 새까만 놈일 거라 생각했지요

하늘밥도둑

망나니가 아닐 수야 없지
날개까지 돋친 놈이
멀쩡한 놈이
공연히 남의 집 곡식줄기나 분지르고 다니니
이름도 어디서 순 건달 이름이다만
괜찮다 요샛날은
밥도둑쯤 별것도 아니란다
우리들 한 뜨락의 작은 벗이었으니
땅강아지, 만나면 예처럼 불러주련만
너는 도대체 어디 있는 거냐?
살아보자고, 우리들 타고난 대로
살아갈 희망은 있다고
그 막막한 아침 모래밭 네가 헤쳐갔듯이
나 또한 긴 한세월을 건너왔다만
너는 왜 아무데도 보이지 않는 거냐?
하늘밥도둑아 얼굴 좀 보자
세상에 벼라별 도적놈 각종으로 생겨나서

너는 이제 이름도 꺼내지 못하리

나와보면 안단다

부끄러워 말고 나오너라

낯선 아이

뜨거운 대낮입니다
식구들 일하는 논둑에서
물방개나 벗삼아 놀다가
점심 먹으러 들어가는 길입니다

걸어가기 싫어서
업어달라고 조르니
식구들은 못 들은 척
가던 길 그대로 가버립니다

주저앉아 버티다
맨땅에 동그라져보아도 헛일
깔따구 같은 조무래기들만
모여들어 염생이 소리로 놀려댑니다

울다 그쳤다 침 한번
삼키고 다시 울어보자니

이상합니다 내가 나에게
웬 낯선 아이로 생각됩니다

풀 무 치

고종사촌이며 외사촌이 무엇인지
서로 모르던 50년대 어려울 때
우리는 두 마리 풀무치였지
생각나는가 그 아늑하던 고래실
바랭이풀 쇠비름 억수로 절어붙던
수은을 엎질러놓은 아침 이슬밭

고무신 적시며 세월 모르던
어느 날 잠자리 잡다 말고
어머니에게 불려가 세수하고 옷 입고
자네가 마을을 떠난 날
그 이슬밭의 기쁨이 사라졌네
멈추었던 시간이 다시 흘렀네

낯선 땅 허구헌 고생 끝에
자네는 넉넉한 살림 이루었다고
무참히 날아간 소년기가 아까워

깊은 밤 술잔에 눈물도 빠친다지만
먹고사는 일 걱정 없다는
소식이 들려오면 반갑고

나는 다리 매인 풀무치 모양
변모한 고향을 맴도는 까칠한 선생
오늘은 또 얼마나 무너졌을까
햇볕 좋은 날 골라 그 고래실 찾아가지
거기가 어디쯤이더라?
우리들 노닐던 풀숲이나 가늠하지

물고구마

식구들 모 심으러 가고
앞논 뜸부기소리 적적한데
심심해 죽겠는데
울타리를 째고 들어온
내 또래 코흘리개
잘됐다고 붙잡아 쥐어박아 주었지
움켜쥔 손아귀 벌려보니
설익은 앵두 몇 알
그것도 빼앗아 뭉개버렸지

고향 찾아간 날
볕 좋은 날
다 용서했구나 그 녀석이 반갑다고
물고구마 한 자루 푸짐히 담아준다
새끼들하고 쪄 먹으라고

어린날의 바다

일렁이는 물너울이 어지러워서
뒷산에 올라 먼발치로 구경하던 바다는
활주로 저쪽
늘상 희끄무레 푸른 바다 아니지만
인공 때 죽은 해골이 나온다는
무너진 바위산 너머 반짝이는 물길로
돛단배들이 무시로 들락거리고
여러 날 두고 남지나해를 헤쳐왔을 윤선이
검은 연기를 토하며 가고 때로는
죽은듯이 그 자리에 떠 있기도 하였다
저 건너가 부안 땅이란다——
저기 저 섬들이 고군산이란다——
어른들 손가락질 따라 가늠도 해보던
내 어린날의 뒷동산
잔잔한 바다풍경 떠오를 때면 그러나
귀청을 찢는 제트기 소리가 묻어나고
얼기설기 철조망이 끼여들고

사변 직후

모두 다 죽는 수가 있다는
당숙들 가만가만 주고받는 얘기에
이불 속으로 파고들며 떨었다

바람소리
파도소리
먼 우레처럼 간간이
포성이 울었다

만경강 어구에 비행기가 떨어졌다고
백철 쪼가리나
비행사의 몸 조각이나
건져오면 돈이 된다고
마을이 술렁거렸다

살아보자고
농사와 고기잡이가 이어졌다

들일 하는 날
우리집 우물가
상어의 배를 가르니 양키의 손가락이 나왔다
빨간 유리 박힌 반지도
함께 신고하였다

초 겨 울

끌려간 소년병에게
좌우익이 무슨 소용이냐
죽어도 어머니를 보고 죽는다고
먼 산속에서 내려온 형
가을걷이 끝난 들판 걷다가
들밥 광주리 만나 달려들었으나
밥이 없었다
운좋은 친구가 깻잎 몇 장 삼키고
조선간장 한 종지 형이 들이켰다고

겨울이 다가왔다
삭정이가 다 된 젊음이 마지막
거친 숨 몰아쉬고 있었다
너는 나가 있거라……
알았어……
싸락눈 맞으며 팽이를 돌리는데
불길처럼 곡성이 번졌다

38선이야 까딱도 없는 것을
박복한 아낙네끼리 남은 마을에
해가 빨리 넘어가는
하루
또 하루
돌림병처럼 굶주림이 창궐하였다

형

그는 나를 아끼지 않고
나는 그를 따르지 않았다
추억을 나누지 말자고
그는 일찍 죽었지만
쓸쓸한 기억이 더러는 있다

귀신이 무서운 나를
뒷산 으슥한 곳에 떼어놓고 달아나며
그는 말하였다
저기 초분에서 구신 나온다 ——
그리고 뱀이 두려운 나를
풀숲 한가운데 버려두고 달아나며
그는 또한 말하였다
거기 네 옆에 비암 있다 ——

한 어미의 배를 빌어 태어났건만
우리는 그다지 인연이 없어

그는 초년에 세상 떠났다

기억하지도 말라고

풀떼죽

보리밥 솥단지에 쌀 한줌 묻었다가
섞이지 않게 살짝 떠서
제일 어른과 제일 어린것의 밥그릇에
감쪽같이 넣어주는 배려 있던 터라
나 어린아이 적에
새카만 꽁보리밥 마주해도 걱정 없었다
밥사발 정수리 살살 헤쳐
뽀얀 쌀밥 나오면 미안하게도 그것 먹었다
그러던 것이 그만
어느 해 모진 가뭄 끝 나락 베기 전
형편이 말이 아니던지 내 앞에조차
밀기울 잔뜩 들어간 풀떼죽 그릇 덜렁 놓였다
차마 껄끄러워 넘길 수 없어
숟가락 놓고
고개 비틀고 마룻장 옹이구멍 쑤시고 앉았는데
식구 중에 누구던가
한숨 섞어 말하였다

굶든지 먹든지 마음대로 하려무나
내일이면 이게 목구멍으로 달음박질할 테니——

엿 마지기

모래가 흘러내려 식구들 애태우던
그 논을 우리는 엿 마지기라 불렀지요
옹달샘 아래 내 작은 동무들
소금쟁이 물장군 즐겁게 헤엄치고
나는 그것들 곁에 앉아
둑을 쌓고 수문을 여닫고 배를 띄우며
세월 모르고 놀다가 퍼뜩
건너편 밭두렁 쫙 깔린 갯메꽃 보면 눈물났지요
그 또한 내 마음 살던 곳
쌀잠자리 보리잠자리 어울려 날고
햇볕을 쪼이며 노닐던 도마뱀들
화들짝 놀라 꼬리를 떼어놓고 달아났지요
그리하여 오늘도
엿 마지기 모 심는 날
엿 마지기 나락 베는 날
그런 소리 떠오르면 눈물겹지요

이 십 원

뒷산에서 노는데
어떤 어른이
나를 알아보고 머리 쓰다듬어주고
이십원 주고 갑니다
지켜보던 동훈이가 손 내밀면서
번시 라주 ──
십원 주라 그 말입니다
아깝지만 그런대로 공평합니다
나중에 사귀어보아도
크게 경우빠지는 짓은 안합니다
위아래 모두 금니빨
내놓고 웃으면 시원합니다

오소리굴

고래실과 까침바우 어리중간에
모새바탕 있었지요 옛날
최고운 선생이 막대기로 글씨 썼다는
그 세모래밭 추운 날이나 더운 날 걷자면
고무신 푹푹 빠져 애먹었지요
동네 안 심부름은 할 나이 되고부터
남례 어머니 일하러 오시라고 해라——
어른들 분부 따라
까침바우 그 노인네 모시러 다녔지요
시누대밭 다 쓰러진 오막살이에
남례 어머니 혼자 살았지요
남례 키워 먼바다 고군산에 시집보내고
그 어두컴컴한 오소리굴 속
외로운 오소리로 살았지요
이 세상 동무는 곰방대와 신문지담배
하도 불때는지라
웃을 때면 그냥 웃음소리 아니라

파도 맞은 호랑바우 이마빡
물보다 쏟아지는 소리로 솨──
자글거리는 소리 한번 푸짐하지요
고마운 분이지요 우리집에
큰일 잔일 궂은일
숱하게 거들어준 분이지요

배아픈 약

동네에 배아픈 사람 많습니다
창자 속에 들어박힌 오만 버럭지들
잡아 끄집어낼 재간은 없고
휘발유 두어 모금 넘겨 놀래주거나
양귀빗대 삶은 물로 어지럼증이나 앵겨줍니다
약방집 막둥이도 배아플 때 많아
어두운 벽장 속 약단지 더듬어
까맣게 굳은 매실즙깨나 찍어 먹습니다
소화 잘 안 되면 누구나
그 집으로 약 사러 갑니다
갈근, 창출, 진피, 계피, 염생이똥 비슷한 향부자며
들어갈 것 대충 들어간 환약입니다
뒷산 모퉁이 둥굴쇠란 놈
사철 코범벅에 배꼽 내놓고 돌아다니는 놈
떼굴떼굴 그 집 심부름 가서
한다는 소리가
배아픈 약 주세유——하면

심생원은 항용 돌부처로 앉았지만
안방에서 깔깔깔 웃음소리 터집니다
야 이놈아, 아까운 돈 들이지 말고
가서 콩 볶아 먹어라
그러고 나서 찬물 한 사발 먹어라
그럼 직판이다
틀림없이 배아프다

봄들에서

바다 가까운 간사지 논에서는
봄에도 새 보아야 합니다
쫑쫑이라 부르던 바닷새
갈매기 처조카쯤이나 되는 그놈이
뻘밭에서 조개나 까먹지 않고
못자리판 씨나락 집어먹으러 날아오면
지켜앉아서 말려야 합니다
그 때
학교나 들어갔을까 말까
갈대논 못자리판에서
혼자
새 보다가 나도 모르게 울었습니다
봄물 가둔 논에 들어 있는 하늘
너무 깊어서
따순 볕 쏟아지는 인적 없는 들에
새로 돋아난 어린 독새풀
파란 게 안쓰러워서 눈물 나왔습니다

제 2 부

작은할아버지

잡스러운 짓이니라——
할아버지가 금하시면
자치기 딱지치기도 마음놓고는 못하지요
그런 우리집에
작은할아버지나 오셔야
어린것들 해방되어 맥 좀 쓰지요
우리 증조부님 불알 속에는 그다지도
딴판으로 서로 다른 씨 들어 있었던가
할아버지가 호랭이라면
작은할아버지는 숫제 사슴노루 같은 분
그분 오신 날은 공부거리 덮어두고
모처럼 어리광 한번 부려볼 수 있지요
재미있는 옛날얘기 안 해주면
문을 썰어버린다며 톱을 들고 나타나니
그분은 겁나서 형님께 이르셨지요
한아바지, 야르 좀 보오——
톱으 가지구 문으 썬대요——

그러다 호랭이형님께 한소리 들으셨지요
혼꾸멍으 아이 내구서리!
무능하게시리 끌끌끌……

밥그릇농사

어릴 적 장난꾸러기 익산 당고모들
끔찍이도 나를 아껴주었건만
설날 떼지어 몰려와 며칠이고 갈 생각 없으면
집안에서 볼멘소리 나오기 시작한다
누구는 이를 밥그릇농사라고
그놈의 밥그릇농사 길게도 짓는다고
그러다 마침내
할아버지 생트집 터져나오면 끝장이다
윷놀이 화투놀이 꼴도 못 보지만
고모들 맨입으로 앉아 키득거리는데도
되우 먹고 엎디어 무스거 하느야——
그 함경도 성화에는 먹고 놀 재주 없다
당장 똥지게 채비 하거나
응달진 데 눈 털고 장작 패거나
이도저도 싫으면 떠나는 수밖에
입춘 무렵 밀보리싹 파릇한 밭길 따라
젊은 고모들 줄지어 떠나갈 때

내 즐거움 하루아침에 다 날아가던 허전함
몰라주는 할아버지가 야속해서
나는 속으로 불경한 노래 불러주었다
영감아 땡감아 죽지를 말어라 ——
봄보리 개떡 쪄서 꿀 발러 주께 ——

할머니의 말년

지지리도 못사는 딸네 집에
사시사철 양식 날라다 주어야지
영감님 눈길 따돌리고자
작은마누라 한 사람 아예
그쪽에나 정신 팔라고 붙여주었다
새로 들여놓은 후살이양반
체머리는 좀 흔들어도 곱살하였건만
영감님이 이내 싫증내는 바람에
재미도 없는 본래 그 자리 되찾아 돌아왔다
동지섣달 긴긴 밤
심심풀이 없고 잠 안 오는 밤
담배쌈지 부시럭거리다 머퉁이나 먹었다
늙은거이 끌끌끌……
잠으 아이 자구서리 끌끌끌……
그러다 정이나 억울하면
한마디쯤 대꾸하기를
영감은 왜 잠으 아이 자오 ? ──

할머니 세상 뜬 날
할아버지는 남겨둔 눈물 하나 없는데
글읽기와 일손 멈추고
눈 감고
허연 머리 수그려 한 생각에 잠겼다

飛 行 車

무논 개구리떼 같은
서당방 개구쟁이들 글읽는 소리
B-29와 쌕쌕이들이 다급히 삼키고 갔다
할아버지 말씀하시되
쇠못처럼 빛나며 하늘로 달아나는
저 수레가 비행거라고

백발에 지팡이 치켜들어
가는 기차도 불러세우건만
함부로 허공을 뒤집는 저들을
꾸짖을 도리 없으매 허망한 말년
비행거가 아니라 비행기라고
철부지는 곁에서 보채었다

비행거……
비행거……
무덤가에 구르는

임자 없는 그 말씀

늙은 버마재비 한 마리 나타나

물고 가는 그 말씀

배고픈 서당

겉보리 몇 되 월사금도 밀린
하제 서당 학동들이 도시락 싸올 수 있나
선생님 점심상에 따라 나오는
고구마나 하지감자 몇 덩이
그 잘난 것으로는
뱃속에 들어앉은 아귀란 놈 못 달래지
종일 걸근거리다 해 넘어가지
하루는 안쪽에서 왁자지껄
선생님네 식구끼리 떡 먹는 기척 있어
회가 동하여 미칠 지경이라
금방 환장할 지경이라
애들끼리 계책 꾸몄다 천자문 읽다가
다급한 대로 한 장 넘기면
법증률, 법중려, 고루조, 별양,
거기서 목소리 합하여 소락빼기 질렀다
밥 좀 줘! 떡 좀 줘! 고루고루! 나눠줘!
앞으로 안 나가고 연거푸

밥 좀 줘 ! 떡 좀 줘 ! 고루고루 ! 나눠줘 !
드높은 악다구니 끝에
아닌게아니라 효험 있었다 떡은 물론
그 귀한 사탕가루도 나왔다
장하구나 ! 굶어 안 죽기 오죽하였으랴만
비바람 북새통 무릅써
풍진 세상 끝내 살아남았으니

심 생 원

학문은 있으나 박복하였다
외아들 먼저 앞세우고
그가 하던 한의원 맡았다 심심풀이로
사랑방에 서당도 차렸는데
월사금 밀린 놈들이 장난질만 이골이 나서
회초리 한주먹 장만해야 며칠 못 간다
이 세상 밥맛 싹 가셔버려
말년에 즐거움 없는 심생원
어지간하면 애들 그대로 놓아두지만
명심보감 읽는 축들
벌써 불알 여문 놈들
위선자는 천이 보지이복하고 —— 읽을 때
어쩌자고 두 글자에만 신명이 뻗치는가
그래도 모른 체하면
애녀석들 싱거워서 못살지
살살 호랭이선생님 건드려본다
시치미 뚝 떼고

선생님, 그런데 자지라고 어떻게 쓰나요?

선생이면 모르는 것 없어야지

한참 생각다 마지못하여

사랑자에 알지를 쓰느니라

그러니 사랑스러운 겐 줄 알아라

선생님, 그럼 여자들 오줌누는 거시기는요?

이번에도 마지못하여

보배보에 알지를 쓰느니라

그러니 보배로운 겐 줄 알아라

....

그 참 귀찮구나!

도적놈 소굴

천자문 첫머리 거기 벌써
하늘따의 이치 두렷하거늘
눈 있거든 보아라 국정교과서라는 물건
바둑아 이리 와
나하고 놀자, 이게 공부더냐
쥐소리 새소리 가르치고 돈 받는 곳
학교라는 곳
이래도 도적놈의 소굴이 아니더냐
내 자손은 거기 아니 보낸다
어림없다 내 밑에 두고 글 읽혀
공맹노장
주역팔괘
호풍환우 하는 법까지 가르칠란다
냉중에 보아라
대학에서 모셔 간다
선생으로 모셔 간다

할아버지 눈에 흙 들어가기 전
도적놈의 소굴에 자식 한번 넣어보겠다고
독한 마음 먹고
어머니는 그 쇠고집 앞에 감히 나아가
굽어살펴주세유 아버님
그러시다가 손자 하나 있는 것
병신 맨들면 어쩌시려구 그러십니까
아버님
아버님

무슨 소리가 무슨 소린지
나는 생판 알다가도 모르겠는데

똥 지 게

우리 어머니 나를 가르치며
잘못 가르친 것 한 가지
일꾼에게 궂은일 시켜놓고
봐라
공부 안 하면 어떻게 되나
저렇게 된다
똥지게 진다

배급 타던 날

가난한 단층짜리 학교
종 달린 교무실 처마 밑에서
우리는 분유 배급을 타고 있었다
싸낙배기 할멈이 나타나
우유를 내놓아라 생떼를 쓰자
싸움이 되었다
늙었으면 늙은 값을 혀요!
젊었으면 젊은 값을 혀라!
그 할머니와 우리 여자선생님이 주고받는
서슬푸른 삿대질을 지켜보며
우리는 기다리고 있었다
늙은 값
젊은 값
그런 문자도 한마디씩 배우면서
하얀 우윳가루를 기다리고 있었다

첫 수업

그렇게 길다란 집은 처음입니다
검은 널빤지 잇대어 붙인 옥봉국민학교
입학하러 가면서 멀리서 보고
세상에 무슨 집이 기차같이 생겼나
생각했습니다 그 넓은 운동장도
처음입니다 '앞으로 나란히' 배우면서
꼬불꼬불 줄 설 때
머리 땋은 여선생님 앞에 선 아이는
들길에서 보고 온 민들레
그렇게 이쁜 가시내도 처음입니다
너도 인제 클 만큼 컸구나
어른들이 추어주던 바람부는 운동장에서
끝없는 내 공부가 시작되었습니다
우리 동네 벗어나 얼마 안 가서
세상 하나 또 있음을 그날 배웠습니다
손닿지 못하는 그리운 것을
떨어져 바라보는 아릿한 몸살기운도

그날 처음 찾아왔습니다
여지껏 떠나지 않았습니다

두부 맛

고종사촌 남기는 한때
우리집에 한데 살았습니다
나란히 앉아 글읽고
나란히 누워 잠자고
오줌누러 갈 때도 같이 갔습니다
띠뿌리 캐먹으며
오들개 따먹으며
없는 대로 배고픈 대로 함께 자랐습니다
어느 해 겨울이던가
할아버지 잡수실 두부 사러 옆말 두붓집 다녀오다
함께 먹어치운 일 있습니다
으흐흐 이 시퍼런 칼로 이 부드러운 살을……
만화에서 본 둔갑한 여우 흉내로
너 한 조각 나 한 조각
때깨칼로 썰어 먹었습니다
고소한 그 맛이라니!
집에 오니 눈꼽재기만큼 남았습니다

한차례 경을 치고
다시 한번 갔다오게 되었습니다

철 조 망

ㄱㄴㄷ자로 마을을 가두더니
멀쩡한 논밭도 출입엄금
접근하면 무조건 발포한단다
천덕꾸러기 원주민의 자식들은
빤히 보이는 학교 십리도 넘게 돌아서 갔다
미국은 우리편——그런 거 배우러
등어리에 책보 묶고 쫓아갔다

민들레와 삐비 흐드러진
철조망 그 안쪽 운동장 같은
활주로만 가로지르면 금방이던 통학길
빼빼마른 새다리로 뛰어보다가
양키들 헌병차에 사냥거리로 내몰리면
드럽고 챙피한 가슴 할딱이며
팔뚝으로 감자 쑥떡이나 멕여주었다

그 아이들 자라서 낳은 자식들

똑같은 공부하러 먼 길 돌아
아비 다니던 그 학교 다닌다
이 땅에 빛나는 일 자랑거리 많은 중에
세월 가도 녹슬지 않는 것은
언제 보아도 번득번득 새것인
오늘도 저들이 둘러치는 가시울이다

도 시 락

옥봉국민학교 3, 4학년 때
점심시간 돌아오면
피난민 아들 철재하고 운동장 건너
측백나무 이빠진 울 밖으로 나갔습니다
논으로 비탈진 아늑한 둔덕에
철 따라 민들레 피고 토끼풀이 푸르릅니다
보자기 끌러 양은도시락 열고
나 먼저 먹어나가면 철재는
곁에서 지켜보며 제 차례 기다립니다
젓가락으로 떼어 먹는 보리밥 한 덩이마다
매달려 있는 두 사람의 마음
철없어도 또렷이 느낄 수 있습니다
어느새 절반쯤 먹으면
둘이는 서로 미안하고 불편합니다
그만 먹으라고 못하는 철재는
딴전인 척 먼데로 눈을 돌려보기도 하지만
그 눈길 금방 되돌아옵니다

나는 절반에서 한 덩이 더 먹습니다
마지막에 반찬그릇 들어내면
그 아래 또 한 숟갈쯤 깔려 있을 테니까요
열 살 무렵 봄 여름 긴긴 날
그래서 둘이 모두 시원찮은 점심이지만
괜찮습니다
껄끄러운 그 밥 나누어 먹고도
우리는 미루나무 큰 키로 자랐습니다

유에쓰

나는 믿는다
오늘 두 다리 짱짱한 것은
어린날 뙤약볕 눈보라 헤치고
하루 이십리길 걸어다닌 덕분이다
국방색 탄약주머니로
책가방 삼던 시절

비행장 쪽 매서운 북서풍 피하여
철둑 아래 논길로 기듯이 갈 때
희한하구나
응뎅이 찌르는 갈대꼬챙이 피하여
이리저리 내둘러 빠쳐놓은
US 모양의 물건

야덜아 여기 유에쓰 있다 !
어떤 순 개후리아들놈이냐 !
끔이랑 조꼬레또랑 처먹었구나 !

그렇게 똥이 미국말로 나오지 !

한바탕 법석을 떨고 가던 길 내달렸다
토끼털 귀마개 속에서도
금방 떨어져나가는 귀때기
까마귀발 다 된 손으로 감싸쥐고 내달렸다

향부자와 방동사니

한약재 가운데 향부자란 놈 있다
방동사니 비슷하지 아마
우리집 환약 만들 때 없으면 안되던 그것
다듬는 일 여간 일 아니라
기운없는 우리 어머니 고생깨나 시켰다
오늘은 향부자에 불으 지르자 ——
할아버지 말씀 떨어지면
사랑마당 가득 마른 약뿌리 펴놓고 불질러
북데기 수염 태워 없애는 일이다
멀쩡한 대낮 불바다 구경에
나 같은 애들이야 피가 빨리 돌아가지만
그것 다듬어 물건 만들기까지
검은재 탑세기 어머니 혼자 뒤집어썼다
여름내 가으내 콩밭에 절어붙던
방동사니는 또 어떻고
징글징글혀……
징글징글혀……

어머니 혼잣말씀 들리는 듯
시방도 그놈들이 예사로 안 보인다

개 보 초

성긴 별 돋아나는 해어스름
먼 하교길에 지쳐 돌아와
우리들 타박타박 마을 어귀 들어설 때
도적놈들 같으니
철조망 안쪽 개 끌고 나타난 양키들 심심하면
헤이 갓 땜!
유 슬리키 보이!
그럴라치면 역시 아메리카에서 건너온
허우대 큰 개란 놈까지 덩달아서
으르르 컹컹 금방이라도 철조망 뛰어넘는 시늉 한다
그놈들 잘나터진 쇳도막 한 개
부러진 나사토막 하나 탐한 일 없건만
어린 가슴 얼마나 오그라붙으며 두방망이질 치던지
그 놀이갯감 노릇 수십년
이 땅에 달라진 것 하나 있나
있고말고, 그 개보초의 손자뻘들이 마침내
이 나라 장관실 귀빈실 제멋대로

냄새 맡으며 오르내리는 개판 되었으니
그런데도 잘난 벼슬아치들
터럭만치도 부끄럽지 않고
하늘 두렵지 않고
그 개판 다투어 비집고 사진 박자 덤비는
꼬락서니 소문나고 말았으니

미제 철모

탄탄허지
많이 푸지
똥바가지로는 그저 그만이여
암만 !
뚝딱뚝딱 연장을 만들며
농부는 무심한데
철모야
물 건너온 철모야
너 당최 괴롭다 말아라
남의 땅 피투성이 싸움 참견 끝났거든
기왕에 온 것
흙으로 돌아갈 것
농사도 한바탕 거들고 가려무나
곰삭은 조선 똥물 획획 뿌려
말라붙은 땅심 좀 돋우어 주려무나

제 3 부

그 아궁이의 불빛

달아오른 알몸처럼
거룩한 노래처럼
그 아궁이의 불빛이 아직 환하다

푸른 안개자락 끌어덮은 간사짓벌
갈아엎은 논밭의 침묵 사이로
도랑물 하나 어깨를 추스르며 달아나고
기러기떼 왁자지껄 흘러갔다
목도리 칭칭 동여맨 아이들
저녁연기 오르는 집에 어서 가자고
재잘거리며 흩어진 하교길
진창에 엉긴 서릿발이
저문 달구지 바퀴에 강정처럼 부서질 때

짚검불이 숨죽이며 타오르는 부엌
불길의 혀에 가쁜 부뚜막에서는
세상 돌아가는 것 까마득히 모르는

멸치들이 시래기를 뒤집어쓰고 끓었다
토장국 냄새 맡으러
온동네 한바퀴 쏘다닌 바람
춥다 춥다 사립문을 걸고넘어질 때

너도 들어와 불 쬐고 가거라
홍시를 머금은 듯
활개치며 달아오르던
그 아궁이의 불빛이 아직 환하다

결석하는 날

월사금 못 낸 애들
죽기보다 더 싫은 등교길
타박거리다 활주로께 똘뚝에서 삐비 뽑으며
학교 빼먹는 중간치기 잘하지요
나는 그 짓 못하는 대신
어디 아픈 날이면 집에서 둥굴 수 있지요
열 오르고 토악질하는 날
어머니가 머리 짚어보고
하루 쉬어야지 안되겠구나 하시는 날
아침이면 제법 마음 설레지요
구기자 골담초 늘어진 뒤안 울타리 아래
병아리 데리고 나온 암탉이 땅 뒤집는 것
쪼그리고 앉아 구경하거나
노란 국화밭에 온종일 붕붕거리는
벌 구경도 심심치는 않지요
그런 하루
다사롭고 포근한 하루

명절날처럼이나 빨리도 달아나지요

기어이 날 저물면

다음날 학교 갈 걱정

마당귀에 스물거리는 땅거미로 번져오지요

발동기 소리

즈네집이 방앗간이라고
발동기 살리는 시늉 하나는 자기를
당할 사람 없다는 게 무슨 큰 자랑이더니
아무데서나 씨익씨익 툴툴
코를 쥐었다 놓았다 그놈의 소리더니
그 소문 널리 퍼진 어느 날
잘코사니
덩치 큰 상급반 애들한테 걸렸습니다
배는 고프고 하나도 재미 없던 참에
너 그 소리나 좀 들어보자!
얼씨구 다시 한번 들어보자!
간사지 논둑길 헉헉대는 땡볕 아래
방앗간집 아들 그만 잘못 걸렸습니다
끝내는 울면서
훌쩍훌쩍 툴툴……
보리밥 기운 다 빠졌는데도
아무렇게나 허지 말고 잘 혀 임마!
그만 허라고 헐 때까지 혀 임마!

늦여름

까막까치 대가리뿐 아니라
개 잔등이 소 엉덩이도 벗어지게 생긴 날
때 넘겨 돌아와
찬물에 밥 말아 먹고
마룻장 짊어지면 살 것 같지요

쉬파리 똥파리와 싸우며
소르르 낮잠 한소금 꿀맛이지만
가시를 머금은 듯 잠결에도
더운 들에 엎드린 식구들 생각
가여워라 가여워라 매미들 울지요

잘잤다 눈 비비고 일어나면
미루나무 그림자 늘어난 텃밭에
가을 온다 가을 온다
싸움터 하늘 비행기처럼
고추잠자리 어지러이 떠다니지요

수학여행

석양에 비낀 단풍빛이랑
가을 산자락에 쏟아지던 시린 물소리
그대로 있지
내장사 작은 기와집 절 구경하고
백양사로 넘어갔다가
키다리 미륵님 서 있는 금산사까지
한바퀴 돌아온 길
태어나서 제일 멀리 떠나본 거다

단풍나무 아래
천둥벌거숭이로 까부는 여자더러
교장선생님이 개고기란다
그런가, 뜻을 모르면서
나는 하필이면 왜 그
꼬불꼬불한 지팡이가 갖고 싶었나
주머니를 털고 과자부스러기도
못 사먹고 따라만 다녔다

생각하면 가여운 일이지
금방 쓸 데 없어진 그 말라깽이
등나무지팡이는 어데로 갔나
어쩌다 그걸 쓰시던
할아버지도 머나먼 데로 가셨다만
그 산자락 단풍빛이랑
석양에 비낀 가을 물소리
고스란하니 빛바랜 사진은 아니다

똘가에서

물풀 비린내 싱그러운
저 시원한 똘 속으로 나도 함께 풍덩 !
뛰어들까
말까
뛰어들까
말까
멱감는 애들 옷가지 책보퉁이 지켜주며
농수로 제방에서 등때기 익어들어가던 망설임
끈질기기도 하구나 !
시방 여기가 어디라고
예까지 사람을 쫓아온단 말이냐

석유장수

6학년 때 추운 밤
과외공부 하는데
교실 뒤켠에서 무슨 소리 들립니다
석유장수 기름 따르는 소리 비슷합니다
선생님이 고개를 갸웃하시며
누구여?
변소 가기 겁난 친구
일 보자고 대둣병에 집어넣은 것이 그만
통통해져 빠지지를 않습니다
큰일입니다
다가오신 선생님께
엉거주춤 알밤 두어 대 얻어터지니
그제야 비로소 빠졌습니다

沃 溝 線

군산놈들밥만먹고똥만싼다 !
군산놈들밥만먹고똥만싼다 !
꽥 ——
아침저녁으로 기차가 달립니다
검은 교복에 하얀 이름표 자랑스러운
군산중학생 태우고
'미카'라든가 '소리'라든가
검은 화통에 하얀 이름자 써붙인
옥구선 기차가 달립니다
기차를 내리면 질경이 토끼풀
절어붙은 십리길이 기다리고
그 길 오리쯤 걸으면
책가방이 무거운 자식을 마중하러
어머니가 나와 계십니다
남세스러워 발을 구르며 투정하는 철부지를
저만치서 지켜보던 저문 들판
그 훈훈한 열기 속

즐거운 개똥벌레들
연두색 잉크로 동그란 필기체를 연습하고
차운 하늘 속 방위를 일러주던
별자리 그대로 푸르러
삶은 잇따른 탈선에 지나지 않아도
그 별빛 아랜 언제나
철길 하나 고향으로 곧게 갑니다

방학숙제

동무들과 망둥어 낚으러 오가는 길
어느 날 벼포기 알 배고 논두렁콩 매달리면서
들판 건너 하늘 훤하게 떠오르면
여름도 그만이다
개학 날짜 다가오는 것 웬수 같아라
밀려 나자빠진 방학숙제
학교 가기 하루 전날
그날도 저녁먹고 나서야 주섬주섬 챙기는데
일기 쓰기 제일로 골치아퍼라
한달 것 한나절에 지어내기도 막막하거니와
그중에도 고약한 일은
찌푸렸다 갰다 그날 그날 날씨 모르겠는 것
가물거리는 등잔불 아래
모기 뜯기며 고민하는 모양 안되었던지
동네 마실꾼까지 거들고 나서는데
한달 전 그때 비왔느니라 ──
무슨 소리냐 땡볕에 까치란 놈 대가리 깨지겠더라 ─

아니여 아니여 비가 오락가락했느니라──
밤은 깊어가고 졸음은 쏟아지고
제기랄것 도대체 누구 말을 들어야 하나

때 때 기

일꾼들 점심 먹고 한잠씩 붙이는
당산 소나무 아래
동네에서 제일 시원한 곳이라
한번 주저앉으면 일어나기 싫지요
여름방학 때 거기서
잠방이에 등거리 걸치고 장기 둘 때
약아빠진 완길이 그 친구
단 둘이 있으면 몇 판이고 져주다가도
구경꾼만 있으면 꼭 이기지요
외통수 안 물러주고 때때때때
그놈의 때때기웃음 터뜨리며 약올리지요
콱 패죽이고 싶지만
미웁기만 해서야 사람 사귈 수 있나요
한번은 새끼 밴 즈네 암소
내가 몰고 가다 잘못하여
외나무다리 아래 풍덩 빠쳐버렸는데
즈 아버지 알면 다리갱이 분지러질 일인데도

때때때때 그 소리뿐이지요 글쎄
그 웃음이 속시원하게
사람 안심시키는 수도 있었지요

개 콧구멍

여러 당숙들 코빼기 보기 어려운데
십리 밖 선제리 의춘이아저씨만
가까이 사는 죄로 우리집 드나든다
가난한 집 제사 돌아오듯
말 그대로 우리집 한 달 돌이 제사참례
다 기억하여 꼬박꼬박 나타나건만
우리 할아버지라는 분 사람 추어주는 법 없어서
큰아부지 저 왔어유——
사람좋게 벗어진 이마빡 들이밀어도
시큰둥 절 받고나면
말끝마다 게으른 놈 미련한 놈
의춘이아저씨 욕배만 불러서 간다
하루이틀 일 아니고
오죽이나 성가시면 그 말 나왔을까
의춘이 어디 가는가?
큰집 가네! 제산가 개 콧구멍인가!
투덜거린 일로 유명한 양반

그래도 짐자전거에 고깃근이나 매달고
제사참례 한 번도 안 거른다
어리석은 놈 끌끌끌……
와서 반드시 혼나고 돌아간다

고바우 선생

일본에서 공부하고 왔다는
선생님께 중학교 때 배웠다
미술시간에
복도를 걸어오는 그분 들으라고
고바우 온다 ——
큰 소리로 별명 부른 놈 있었다
교실에 들어선 선생님이
화난 기색 딱 감추고 아이들 달랬다
누구냐 괜찮다 나오너라
사람은 정직해야 쓴다 어서 나오너라
용감한 사나이가 누군가 보자
괜찮다는 말씀 믿고
누군가 앞으로 나갔다 성큼성큼
용감한 사나이 되어 제법 우쭐하여
나가기는 나갔는데
나가자마자 귀퉁배기 호되게 얻어맞았다
고바우, 고바우, 다른 애들이 저지른 것까지

곱배기로 벌받았다
'빠뿌로 삐까소'
그분에게서 처음 들었지
'선의 강약과 미의 감각'
시간마다 어지간히 부르짖었지

개코 선생

한두 시간 지나면 못 참습니다
마파람에 게 눈 감추듯
도시락 먹어치우고 에헴 하고 앉아 있습니다
김치깍두기 냄새
고리고리한 황새기젓 냄새에 교실 떠나가는데
나타나지 않으면 개코 아닙니다
모두들 도시락 꺼내놔라
냄새난다 뚜껑 닫아라
잣대 들고 하나씩 두들겨봅니다
깨애끗하구나
깨애끗하구나
너는 반쯤 먹었구나
소리만 들어보면 도시락 속사정 훤합니다
다 먹었으면 한 대
먹다 말았으면 반 대
불똥이 튀게 쥐어박지는 않습니다

하 숙

군산중학교 운동장 맞바래기
측백나무 듬성듬성 서 있던 왜식 목조가옥
차가운 기억만 남겨주었다
독살맞은 주인이 자기네 아들과
우리를 차별하였다
쌀 지게를 앞세운 우리네 어머니를 보면
그 때만은 교언영색
방바닥엔 온기가 부족하고
달랑 갈치 한 토막에 허겁지겁
우리는 늘 밥이 모자랐다
오들오들 추운 측백나무 사이
김장배추 뽑아낸 빈 밭으로 마중 나오던
간갈치 굽는 냄새와
뼈아프던 허기와
열서너 살 때 하숙의 추억이다

초가지붕 이야기

과부가 된 형수와 과년한 누님이 거미 같은 어머니를 모시고 근근이 꾸려가는 농사요 살림이었다. 그리도 허망하게 돌아갈 것을 아버지가 멀리는 내다보고 터잡아 지어놓은 실속없이 덩그런 집이었다. 한바퀴에두르자면 조그마한 만리장성 같은 울타리 뉘 손으로 그 숱한 나래를 엮어 세우며 지붕을 일 것인가. 여름 한철 지나고 보라지 뒤꼍 앵두며 포도넝쿨 뒤지러 드나든 동네 녀석들 등쌀에 째지고 밟히고 쓰러진 울타리 그냥 놓아두면 남우세스러운 일 아니던가. 일꾼을 사야 하고말고 여든이 넘은 할아버지는 무거운 약재 보따리 챙겨 들고 지금은 없는 옥구역을 향해 떠나셨다.

가장이 없는 집안 남모를 사정이 부끄러워 부끄러움이 두려움이던 그 시절 겨울 한철 나는 하숙집에 떨어져 우리집의 안부가 두려웠다. 금싸라기 같은 쌀을 대두 서 말씩이나 받아먹으면서 맨날 우리를 배곯리던 하숙집이 서러워 부리나케 집으로 내달리던 초겨울 토

요일의 해질녘이던가. 동구밖에 들어서며부터 가슴이
조여오던 것이니 가장이 살아있고 끄리끄리한 장정 있
는 집들 모두 노오란 햇짚으로 지붕을 이었는데 우리
집은 아직도 어찌 되었나. 그러면 그렇지! 남들처럼
지붕단장을 마친 우리집 용마루가 눈에 들어오고서야
나는 신명께 고마우면서 날아갈 듯 발걸음이 가벼웠
다.

올빼미 선생

새까만 얼굴
깡마른 몸매
연미복까지 입어놓으면 가관이지만
치쏘아보면 사람 흉중 찌르는
예술혼에 이글거리는 눈동자 있어
올빼미
그 별명이 딱 맞다
도오미이쏘올미이 도미쏠미도 ——
(으음아악시이가안 돌아왔구나 ——)
우리들 발성연습 시켜놓고
샅샅이 훑어보다 장난치는 놈 있으면
분필 던져 명중시켰다
과묵한 분
그 눈으로 한번 쏘아보는 날이면
그 앞에 여자들 맥 못 춘다 한다
부인도 음악가라고
여간한 미인이 아니라 한다

호밀밭 모퉁이

나 먼저 집에 돌아온 날은
서둘러 밥먹고 호밀밭가에 나가 서서
그애 지나가는 것 지켜보았습니다

먼 철둑길 아지랑이 속에
나비 하나 가물거리다 마을로 들어오면서
점점 황홀하게 그애가 되는 것입니다

그애의 하얀 교복을 에워싸고
까닭모를 행복의 치장으로 차려입던
그 푸르른 우주에 가득하던 밀 익는 향내!

취하여 뛰노는 맥박을 감당하느라
밀모가지 물결치는 밭고랑 저편
쓰라린 내일의 발자국 소리도 놓쳤습니다

제 4 부

때로는 비 맞으며

박쥐우산은 그만두고
들기름내 향긋한 지우산 하나 변변히 없어서
때로는 비 맞으며 학교에 갔다
걸음 재우쳐 네 곁을 스칠 때
옴마! 우산 같이 쓰고 가요—— 어린 네가 말할 때
나는 고맙기보다 먼저
우리집의 막막한 가난이 노여웠건만
생각하니 그렇구나
그 가난
이날까지도
물리치지 못하였구나

장뚝 아래

뼈아프게는 달이 밝았지
서해 물결 고요히 밀려와 철썩이는
장뚝 아래 찬 이슬밭

나는 너를 이끌고
그 낯선 세계로
딱 한번 징검다리를 건너고 싶고
너는 한사코
따라오지 않겠다는데
....
슬픈 사춘기의 상여 소리던가
숨죽였던 풀벌레들 자지러지고

다음날 추석날
앞산 등성이 올라갔다
장뚝 아래
그 자리 바라보았다
눈부셔서 바라보았다

아구 선생

시이발, 재수없게 말여 ——
체육시간에 아구한테 걸렸는데 말여 ——
깝신거리며 무용담 늘어놓는데
뒤에서 누가
아구 여기 있다, 어쩔래 임마!

인제는 죽었구나
각오하고 교무실로 불려간 녀석이
웬일로 살아서 나왔다
조심해 임마! 한마디 하고는
등 토닥거려 보내주더라고
기적이 아니다 입 큰 사람이 도량도 커서
그분도 입치레 하신 거다

아름다운 과장법

이마에 사마귀 난 황원택 선생님
게슴츠레한 눈이지만 게으른 분 아닙니다
국사 시간 우리나라 지도 그릴 때
쓱쓱 재빨리도 그리는데
영일만 토끼꼬리를 원산 앞바다까지 확 치켜올리면
교실 떠나가던 웃음소리
우리들 어려울 때 웃음도 서툴 때
지나칠수록 반갑고 훈훈하던 것
그 아름다운 과장법
선생님 수업시간 기다렸습니다
고맙습니다 그 기꺼운 웃음 나누면서
우리들 모두 힘을 냈습니다

이십년 후

쪼그만 가시내 하나 때문에
예배당 종소리 한번도 안 놓쳤다
만날 수 있을까
새벽잠 떨치고
눈구렁 헤치며 달려갔다

그로부터 이십년
나는 나에게 묻는다
오늘도 그 종소리 들려오냐고
어푸러지며 고꾸라지며
달려갈 거냐고

봄   밤

독새풀 아래 도랑물 소리

건너편 과수원 딱따구리 소리

간간이 개 짖는 소리

내 품에 잠들어라 뒷동산에 유행가

따라가는 하모니카 소리

어디서 깔깔 간지럼타는 소리에도

녹짝지근한 사랑이 콸콸 쏟아질 듯한

그런 봄밤

다시는 안 허께유——

다시는 안 허께유——

매맞으며 우는 소리도 끼여드는 밤

멍석말이

녹슨 양철지붕집 여아무개
에미에게 주먹질 하다가
동네 생기고 처음이라는 멍석말이 당하였다
하필이면 우리집 사랑마당에
끌려와 멍석에 둘둘 말려 매맞는데
되우 쳐서는 아니 되느니라──
우리 할아버지 분부와
빌었응게 인제 그만 때려유──
아낙네들 통사정 덕분에
초주검 면하여 제 발로 걸어간 줄 모르고
뭣이여?
인민공화국 좋은 세상 오면 보자고?
한심한 작자 같으니라구
인공이 다시 온들
에미애비 패는 것들 깃발 흔들어주러 오남
또 한번 당할 참인데
불쌍하니 그만하면 되었느니라──

점잖은 말씀에 그냥
동네 장정들 몽둥이 던지고 돌아섰다

비암 쫓는 소리

우리 시암에서 물 길어 갈 때
아니, 물 길러 오면서부터
쉬 ── 소리 내뿜는 아낙들 여럿이지요
특히나 둥굴쇠 어머니
그 소리 확실하고 우렁차지요
물동이나 빨랫감 한아름 안고 올 때
울타리께서부터 쉬 ── 비암 쫓는 소리 나면
영락없이 둥굴쇠 어머니지요
팔 걷어붙이면서 쉬 ──
김칫거리 씻으면서 쉬 ──
그 무더기 빨래 다 빨면서 쉬 ── 쉬 ──
웬일인지 모르겠더니
옳거니!
긴 세월 지나가고 알게 되었지요
가난에 짓눌린 소리
가시덤불 헤치는 소리
다 보람 있지요 둥굴쇠란 놈 장성하여
튼튼한 뱃사람에 효자 되었지요

면 장 님

시철이양반 면장 살아먹을 때
딴것보다 기개 하나 출중하여
개구락지 배통 거드름에다
그놈의 면장 소리 못 들으면 못 살았다고
마누라가 부를 때도 면장님
자식놈들도 면장님
하루는 그의 형이 찾아가서
시철이 집에 있는가 ── 부르니
감히 어디라고
은근히 부아통 터지는지라
해장부터 재수없게 어떤 놈이냐!
퇴창문 열어재끼며 고함 질렀다고
에이, 형님두 참……
면장이라고 한번이나 불러보시우……
늙은 형님
젊은 아우
마주보며 뒤통수나 긁었다고

육자배기 가락으로

싸리 몇 포기로 울타리 삼던
옆집 붉은코 영감쟁이
곤쟁이젓거리 건지러 바다에 나갔다 그만
독 오른 범치한테 장딴지 쏘였네
삼베그물이며 양철통
그것 짊어지고 간 지게 작대기
에라 모르겠다 팽개치고
사정없이 욱신거리는 다리 절뚝여 돌아왔네
간신히 마루에 기어올라
퉁퉁 부은 다리 뻗치고 앉았는데
참다 참다 못하면
육자배기 가락으로
허이구우! 나 죽겄네 ――
한참 있다가
하다 하다 못하면
또
허이구우! 나 죽겄네 ――

이빨 웅등그리고 참느니보다
걸쭉한 그 소리
시원하니 듣고 있을만 하더만서두
그집 마누라 하는 소리는
하이고오! 징혀라!
시방 나이가 몇 살인디 그 엄살이여!

여자귀신

웬 여자들인고!
어디라고 들어오는고!
낮잠 주무시던 할아버지 벽력 같은 호통이다
머리 풀어 산발한 여자귀신 두엇
막 사립문을 들어서다 물러갔다고
집이 허물어졌어요 ──
집을 좀 고쳐주시오 ──
그들이 부탁하였다는 말대로
소원 들어주러
할아버지 따라 뒷산에 갔다
애들 짓인가
염생이 짓인가
쑥대밭 속에 까뭉개진
몇 군데 초라한 무덤 고쳐주었다
옛날 여자여
조선의 어머니여
죽어서도 혼쭐이 나는 여자귀신들이여
삽 끌고 돌아오며 측은하였다

回 文 里

1968년 8월 찌는 무더위 속
전북 임실군 덕치면
녹음 짙푸른 회문산 중턱
진작에 잡아둔 명당자리 놓칠세라
근처 외딴 오두막 빌려 누워 있습니다
靑坡 沈能進
죽을 날짜 정한 터라
그 날짜 맞추고자 곡기 끊고
막걸리만 한모금씩 넘기며 심심하게 누워 있습니다
때마침 방학이라
대학생 손자놈이 피서 겸 나타나
빈둥거리며 시중 듭니다
막걸리 주전자 들고 산 오르면서
벌써 반이나 축내었건만
산비탈에 밭 매는 그 마을 아낙네들
효자다 효자여 손가락질합니다
아닙니다
잘 모르고 하는 말입니다

무 명

살아 생전
낮에 일하고 밤에 글읽어
죄 없다 덧없는 추억도 없다

때 되어 홀연히
죽음을 감당하매
남은 일은 오직 잊혀지는 일

자손의 꿈자리 엿보는
가여운 귀신으로 떠돌지 아니하매
복되고 깨끗하다

자취 없어 더욱 정정한
그분의 자취 언제까지나
내 안에 오롯이 살고 있나니

아 버 지

근엄한 콧수염에
료오마에 양복 입고
흑백사진 속으로 들어간
아버지여
낯선 관념이여
내 서툰 모국어를 희롱하던 뜨락으로부터
지나온 길 샅샅이 뒤져도
아버지라는 낱말 흘린 일 없습니다
애비 없는 설움이 다하고
나 또한 아비가 되었건만
나 이 세상에서 그 말과 인연 없습니다
보십시오 여기
당신의 손자녀석
아빠—— 하고 나를 부릅니다

어머니 잃고

어머니 잃고
백담사 들어가다가
신흥사께 토굴에 산다는
선승 하나 만났습니다

한 여인이 갔으니
한 여인이 오리라
장가들 궁리나 허소
그것이 바로 약이여

선승은 토굴로 가고
장마가 찾아왔기에
절간 마루에 앉아
낙숫물 소리만 들었습니다

그것이……
약이여……

그것이……

약이여……

흘러간 시냇물은

흘러간 시냇물은 물레방아를
돌릴 수 없다고 사람들은 말하지만
나는 다르네
푸른 하늘 아래 수없는 들판 건너
마음의 물레방아를 돌리러
오늘도 흘러간 시냇물은 오네
때로는 가만히 속삭여
묻기도 하지, 너 웬일로 돌아왔느냐?
하지만 탓하지도 않는다네
돌아가거라 과거 속으로
사라져라 지난날 슬픈 시간 속으로
그렇게 말하지 않는다네 나는
다만 짐작이나 하지
내 마음은 감옥이라 크막한 감옥이라
어쩌다 갇혀버린 것들 거기
오갈 데 없이 살고 있다고
그 옛날 바람 부는 들 모퉁이 하얗게

등때기 뒤집히는 모시 잎새들이며
호밀밭 외로운 노고지리 같은 것들
상기도 떠나지 못하였다고

신 록

어머니 없으면 나 혼자 살지
말이라도 그런 말을
생각이라도 그런 생각을
무엇하러 하였노

그야말로
어머니 안 계신 오늘
천지는 온통 푸른 초여름

고생고생 가르쳐놓으니
이게 무슨 짓이냐
풀잎들 반짝이면 메스껍고
잎새들 팔랑이면 어지럽고

그야말로
어머니 안 계신 오늘
천지는 온통 푸른 초여름

제 5 부

짐승들에게 안부를

그 연구실
드나들던 쥐들과
심심하면 놀러오던 무등산 뻐꾸기와
전깃불 나가면 찾아오던 박쥐들도 잘있느냐

전임강사 사오년 배겨낼 적에
'어른'께서는 하루가 멀다고 사람을 치고차고
벌세우다 시들하면 운동장을 돌리고
우리를 무슨 짐승에도 견주었건만
사람이 모두 사람은 아니라
우리 착한 동무로 태어난 짐승만 하기가
언제인들 쉬운 일이기나 하던가

부끄러워라 길든 짐승으로
다소곳이 칠판 지우다가
네 발로 엎드려 만수무강 빌어드리고
조각난 꿈 챙겨 고향 쪽으로 돌아오니

새로 시작하자는 낯선 연구실
스머드는 봄볕과 푸름이 한결 쓸 만한데
마냥 가시를 삼킨 아픔이어라

예전에 들어왔던 하루살이며
벌과 파리의 잔해를 쓸어내면서
두고온 연구실에 쌓이던 쥐똥 새똥과
내 가까이 상대하던
저마다 털빛이 다른
짐승들의 안부가 궁금하구나

빚

깃대봉 아래 뾰죽지붕 밑
쥐 나오는 연구실에 앉았다가
시간 되면 내려가 싸르트르가 어떻고
아이들 속였지
분필가루 털고 나와 소주잔이나 털어넣고
흥얼흥얼 돌아가는 길
주월동 언덕마루 죄없는
붉은 달 향해서나 큰소리쳤지

그게 다 빚이다
오월 어느 날 화창한 날
짐차 타고 떠나올 때 따라왔다
평생을 두고 따라다닐
못다 갚을 빚이다

종일끄떡

공부하기 싫어서 큰일입니다
엊저녁 술만 해도 과했습니다
점심 뚝딱 먹고 와서
나 시방 책상머리에 졸고 있습니다
이러다 해넘어가는 수 있습니다
그짝인지 모르지요
늘름하면 沙鉢空이요
종일끄떡 粉板白이라
나 공부 게으름 피워 쭉쭉 느는 기색 없을 때
어머니가 쓰시던 문자
밥사발 비우는 데는 번개 한가지고
아무리 읽어도 깨우칠 줄 몰랐다는
옛날 그 형편없는 선비 짝인지도 모르지요
아니지요 그 선비는 그래도
마누라가 다그치던 문자 덕분에
그게 그만 용케 시험에 나오는 바람에
과거에도 급제를 했더랍니다

下梯의 꿈

해당화 향기롭던 마을입니다
순한 물결이 밀려와 흰 모랫벌을 쓰다듬던
해안의 평화 속에
상제, 중제, 하제,
솔밭에 초가집이 있었습니다
상제와 중제 있던 자리
오늘은 활주로가 되어 남의 나라
전투기 폭격기들이 벼락소리로 내려앉지만
그 폭음 속에 엎드려
반쪽마을 하제는 꿈을 꿉니다
빼앗긴 반쪽 어서 되찾아
온전한 옛마을로 돌아가는 꿈입니다
억울한 하제
꿈꾸는 하제
거기 시인 하나 태어난 바
그의 꿈도 한치 다를 바 없습니다
그 모랫벌 되찾아 집 짓고
눈 아프게 해당화 피워내는 꿈입니다

그 길에 물어라

농사 짓는 동무들
배 타는 벗들
때없이 눈물 솟구치게 하는
부모자식 같은 것들 위하여
한평생 끌고갈 쟁기여 그물이여
내 어리석음의 노래여
하늘 아래 단 한마디도
모국어를 더럽히지 말아라
지쳐 돌아눕는 새벽 꿈에도
또렷이 보이던 것
고향으로 넘어가는 서리 덮인 영마루
깨끗한 그 길에 물어보아라

하제포구

군산비행장 활주로 끄트머리
독버섯 탄약고들 줄지어 서 있는 곳
거기 시든 불알처럼 달랑
매달려 있다 우리 고향 하제포구
쌕쌕이들 폭음에 찢어진 하늘 아래
귀먹은 갈매기 하나 둘
떠도는 그 아래
늙은 아낙들이 빨강새우 노랑조개 말리는 곳
지친 서해바다 잿빛 물결 기어드는
썰렁한 선창에서 술 한잔 먹고
저 멀리 계화섬 바라다뵈는
망둥어 낚던 호랑바우 바람 좀 쐬자는데
나어린 병사들이 총 들고 막는다
갈 테면 신분증 내놓고 가라 한다
함부로 버린 조개 껍데기
여기저기 갯바람에 썩는 냄새
이제야 사람 알아보나 왈칵 덤벼 맞아주니

어지럽구나 둘 없는 고향
목구멍이 막히면서 어지럽구나

옛   집

아버지와 할머니와 형이 죽은 집이다. 어린날 한때
는 군식구까지 열두 식구가 오글오글 살아가기도 하던
집. 그 많던 식구들 다 흩어져 할아버지는 임실 땅에
서 어머니는 서울 월계동에서 쓸쓸히 세상 떠났다. 타
향으로 타국으로 거친 바람 속을 헤매다 이십년 만에
찾아와보니 몰라보게 변모한 옛집은 누군가 울타리도
없이 아무렇게나 사는가 보다. 들어가보자 들어가보자
마음은 보채며 등을 떠미는 것을 어쩌자고 일없이 남
의 집 대문 앞을 기웃거리겠는가 먼발치에 죄인처럼
서 있다 발길 돌린다. 싸구려 셋방이라도 놓아먹자는
거겠지 허청 쪽이며 사랑마당 쪽으로 덧붙이고 달아내
어 생판 딴집이 되었다마는 선들바람이 잘도 드나들던
큰방과 흰눈이 수북이 쌓이던 마루라도 한번 보았으
면. 쥐만할 때 할아버지 계신 사랑방으로 아침 문안
드리러 갈 때면 발이 시려 새끼줄 타래 디디며 건너가
던 마룻장 위에 옹이구멍 크고작은 것 두 개 아직도
그대로 있는가. 마당에 즐비하던 꽃나무들이 죽고 백

일홍도 고목이 되어 죽을 날 기다리는 눈치다. 그렇다 사람도 사람이지만 그동안 많은 죽음이 옛집에서 이루어졌다마는 생명은 끊임없이 가고 또 온다. 보아라 새로 돋아난 웬 못보던 풀나무가 초여름 한나절 우리 옛집을 낯선 푸르름으로 뒤덮었구나.

까침바우 선창

순용아, 순용아, 해가 어디서 뜨냐?
서쪽!
그래 서쪽이란 별명 붙은 순용이
오늘도 선창가에 나타났구나
찌륵소 성깔머리도 알아주지만
가운데 물건 대단키로 소문났었지
첫날밤 그 일로 신랑 각시 죽을 고생인데
순용이 어머니 토방에서
두 발 동동 구르며
애기야, 츠음에는 다 그런 거이다
제발 덕분에 참어라, 빌고 달랬다지
세월은 못 속여 그 순용이도
어느새 머리에 흰 서리 확 뒤집어썼다만
아직은 그래도 씽씽하구나
장화 신고 짐자전거 타고 나와서
노랑조개 피조개 경매하는 데
거기 시끌벅적한 데 한자리 거드는구나

서쪽이건 동쪽이건
해도 안직 안 나온 까침바우

뿌리 내놓은 당산나무

오늘도 북풍이냐
망쪼든 마을에 노랑내 어지러운데
내 나이가 이백이네 삼백이네
사람들아 공연히 다투지 말아라
해당화 벌판에 비행장 나고
흰둥이들 검둥이들 떼지어 몰려든 뒤
저지른 짓거리 들어보아라
어드메서 끌어온 가여운 계집아이더냐
시퍼런 하늘 아래
내 보는 발 밑에서 덮치기
보초 못 서는 늙은 개 끌고 나와
내 몸에 묶어놓고 총질 하기
잃은 물건 쇠부스러기 몇 개 찾겠다고
온동네 들쑤셔 뒤집어놓기
차라리 눈 감았다
진작에 귀먹었다
슬프다 그 깊은 죄 짊어지고

나 이제 쓰린 맨발로 떠난다마는
마을 사람들아
저 가시울 속 폭탄더미 걷어치우고
고요한 그 하늘 되찾아야
너희 목숨 비로소 산 목숨이니라
사람들아 그날이 와서
주체 못할 기쁨의 눈물 있거든
기억해다오
내 섰던 이 자리에 맨 먼저 뿌려다오

앞개울 건널 때면

숭어 장어 망둥어 뛰던 곳
발로 더듬어 참게도 건져냈지
비행장 폐수에 썩다 고약처럼 말라붙은
앞개울 건널 때면 온몸이 저린다
눈 감으면 차라리
옛 풍경 고즈너기 다가오건만
올라타고 흔들어대던 뽕나무들 섰던 자리
호밀이삭 물결치던 텃밭은
부신 햇살 되쏘는 시멘트벌이구나
밴댕이 황새기 잡치새끼들만
뒤틀리고 오그라붙어 널려 있구나
고향 사람들아
우리들 철없이 머리통을 둥굴리던
그 고운 모래밭까지 파헤쳐 팔아먹은 사람들아
황폐한 이 마을 고샅길 위에
우리들 오늘 무심히 남기는 발자국
알기나 하느냐 이 모두가
씻지 못할 죄로 찍는 발자국이다

조개무덤 근처

동무들 나와 앉아 그물 손질하는
까침바우 외진 모랫벌에
알뫼섬 돌자갈 깨지는 소리 메아리친다
그 섬 잘 보이는 맞바래기
파리떼 설치는 조개무덤 근처
장사 될 곳 아닌데
살아보자고 열었다는 부뜰이 누님네
포장집에서 맥주와 소라 두 마리 시킨다
빨리도 늙은 부뜰이 누님은
우리들을 붙들고 감격하여
시상에……
점심 잘 먹어서 배부를 틴디……
누님네 물건 갈어줄라고……
물건 꺼낼 생각도 않고 그 소리뿐인데
무너지는 알뫼섬 보아두자고
더 좀 보아두자고
우리들은 그쪽으로만 눈길이 간다

헐리는 알뫼섬

저 섬들이 없어진다고
하제 앞바다
호랑바우 마주보며 형제간으로 떠 있는
두 개의 어여쁜 알을 닮은 섬
하나는 벌써 절반이 사라졌다
저 섬들이 큰 돈이라고
누가 팔아먹었느냐 누가
얼마에 사서 이 분탕질 능지처참이냐
가죽을 벗기운 순교자처럼
묵묵히 당하는구나 정수리 깨어지며
쏟아지는 붉은 돌자갈
트럭에 실려 떠나는구나 어디론가
바다를 메우러 간다고
잘가거라
잘가거라
우리들 고단히 되어 돌아올 때면
장뚝 너머 까치발로 반겨주던 너희 모습

해풍에 시달리던 푸른 잔솔밭
옛 동무들 가슴속에 들어앉아 쉬거라
설레며 휘달려온 고향에는
파괴의 소리
이별의 소리
고통의 메아리 그칠 날이 언제냐

海望洞 선창

부지런하기로는 해망동이다
새벽 네시면 부시럭거리는 선창
갈치비늘 찬란히 일어나 춤추는
군산의 서쪽
거기 어판장에 가보면 안다
싹쓸이 낮은그물에 고기떼 씨말랐다 한탄이지만
운없는 놈들 아직도 잡혀와
선복에서 꾸역꾸역 올라온다 그리하여
비린내에 취한 사람들
들끓는 아우성으로 군산은
예나 오늘이나 서쪽부터 밝아온다
저기 동쪽편 금강하구둑
길게 나자빠져 하는 일 있나 없나
그것 개통하던 날
도지사도 대통령도 왔다지만
쓸데없는 용 한 마리 깎아 세우고
입에 거품 물고 '위대한 서해안시대' 부르짖고

헝겊줄 끊어놓고 갔다지만
돈 처들여 멀쩡한 강물 틀어막아서
잘한 일이면 좋으련만
두고보면 알고말고
당장 먹고살기보다 더한 일 있던가
살아보자 어디 한번 두고보자
그 악다구니 살아있어
군산의 아침은 서쪽부터 깨어난다

최기권이와 더불어

만나면 그저 반가워라
대책없이 좋아라
땅값 뛰어올라 돈 걱정 없는
패거리들 모여앉아 화툿장 주무르다가
사우나탕으로 몸 풀러 가는
배불뚝이 아니다 내 친구 최기권이는
스무 살에 이장 살아먹은
똘똘하고 당찬 사람
군산 가 살더니만 더 부지런하다
이른 새벽 다섯시쯤 해망동 선창에
이 사람 틀림없이 돌아다닌다
맑은 날은 운동화 궂은 날은 고무장화
한바탕 휘젓고 다니다가
구릿빛 얼굴에 허연 이빨만 내놓으면
힘 안 들이고 경우바른 사람
기쁜 일 궂은 일 혹시나 생겼나
고향 마을 돌아보는 재미가 제일이다

피조개 말조개 소라 굴 멍게
기막히게 다룬다 술 한잔 얼큰하면
옛적 누비던 뒷산 올라가
여기는 아무개란 년하고 놀던 자리
저기는 또 그렇고 그런 자리
그런디 말이여
거시기 말이여
딸년이 고등핵교 들어가고부텀은
생각이 좀 다르더란 말이여——
아는 사람 발길 드문 등성이에서
저 아래 서해바다 바라본다
어기여차 노젓던 정든 바다 바라본다

추석 전야

모두들 고향 찾아 떠났습니다
불 꺼진 서민아파트단지에
거짓말처럼 달이 밝고
도둑고양이가 애보채는 소리로 쏘다닙니다
어머니
나 이제 철부지 같은 설렘은 없어
담담히 떠오르는 거기
회문산 기슭은 어떻습니까
솔바람 여전하고 산짐승 놀러 옵니까
달갑지도 않던 시부모님
죽어서까지 시중들어 드리라고
기어이 그분들 곁에 보내드려 미안하지만
어머니
심기 불편하고 고생 되어도
나는 믿어요 그편이 나을 거라고
다름아닌 이런 밤에
도둑고양이 소리 벗삼아 술잔 기울이는
이 막막한 외로움에 비한다면

뒷동산 쑥대밭

어쩌다 이 꼴이냐
더벅머리 못 깎은 내고향 뒷동산
쑥대밭에 앉아서
풀잎이나 씹으면
이 동네 아직 사는 흰옷 입은 목소리들이
밥먹고 심심해서 올라오는구나
진지 잡수셨어유 ──
어디 갔다 오세유 ──
낮익은 언사들 그대로 늘쩡하고
톱 좀 빌려주세유 ──
배아픈 약 주세유 ──
혀짜른 소리들도 여전하구나
귀뚜라미야
풀여치야
이 말씀들 괄세 말아라
내고향 뒷동산 쑥대밭에서
느그덜 오래오래 살면서

봉   구

자네를 생각하면
마음의 형제라는 게 있거니 싶다
그 잘난 서당에도 못 다닌 자네
내가 글 읽을 때면
고드름 녹는 처마 밑에서
막가치로 땅바닥이나 후비면서 기다렸지
오직 나를
나하고 놀 수 있는 한참을
그리고 내 온갖 투정을 들으면서
연과 팽이와 썰매를 만들었지
우리 착한 봉구!
어머니가 말씀하셨다
봐라, 저 애는 성내는 법이 없느니라
부디 본받거라
그런데 끝내 본받지 못하였지
내 멋대로 살았지
자네 집 있던 자리 유심히 보니

해바라기 몇 줄기 서 있더라만
나는 잊지 않는단다
그 쓸쓸하던 산야
찬바람 속에 우리들의 가오리연이 치솟던
생애의 절정이던 그 때를

시인 호택에게 주는 말 몇마디

고   은

  호택이 자네 첫 시집이 어찌 이다지도 서투른 데 없이 폭삭 익어버렸는가. 첫 시집의 운명으로서는 여간 불운이 아닐세, 바로 이 점이.

  지난해더냐, 지지난해더냐 자네와 자네의 시 원고를 만나고 나서 이제까지 생각한 적도 없는 근친을 만난 것인 양 웬지 사사스러운 느낌도 들고 외손잡이끼리 만난 그런 은밀한 느낌도 들었던 것이 사실이었네.
  지난 시절 내가 산문에 있을 적에 시단이라는 데 나왔는데 사람들이 말하기를 만해스님 이후의 처음 있는 일이라 하면서 좋아라 해주기도 했을 때 첫째로는 만해 혼자 잘 감당하고 있는데 내가 나서서 반거충이 노릇을 하는 게 아닌가 하고 송구스러워했던 일이 생각나네.
  이제 자넬랑은 아예 이런 생각은 지지리 못난 것임을 어찌 모르겠는가.
  여하튼 자네는 내 고향 후배로서 내가 다 못하는 고향의 정서나 세상의 여러가지 녹황사(綠黃事)를 다해주기만

바랄 따름이라네.

처음 자네와 만났을 적에 서로 아귀를 맞추어본 바로는 자네 선대(先代)가 살아오셨던 옥산 지곡리가 바로 내 어린 시절 자주 넘나들던 한 고개 넘어 잿정지 고래실논길을 지나면 거기 뻥 산자락으로 병풍친 내외 잘하는 것 같은 마을이었지.

어디 그뿐인가. 자네 말을 더 들어보니 내가 열살 때까지 서당 세 군데를 다녔는데 맨 나중에 다니면서 논어를 배우던 서당이 바로 자네 집이었고 나에게 공자의 말씀을 가르치셨던 훈장이 바로 자네 할아버님이라는 것을 알게 되고 이 세상의 일이 함부로 끝을 맺지 않음에 새삼 놀라워했네.

자네 할아버님께서는 어린 나에게 글만 가르치신 것이 아니고 한두 번은 시전(詩傳)을 가르치면서 네놈들도 이런 것 한번 써보아라 하셔서 택없는 한시 4언시를 만드는 수작도 시키셨다네. 그러니 나에게 시의 첫걸음이라면 여기서부터라 할 만하지 않은가.

그런데 이런 세월이 간 뒤 이제는 내가 자네 시를 만나게 되니 자네 할아버님이시며 내 스승이셨던 그분이 자네와 나 사이에 이렇게 살아계실 줄이야.

사람의 진실이 제가 태어난 곳에서 대접을 받지 못하는 일이 예로부터 있어오는 것과는 달리 나는 고향 쪽에 대고 함부로 집착을 하지 않고 있는 터에 자네가 그런 고향의 실상으로 나에게 왔으니 이는 자네가 한 수 위에 있음일세.

호택이 자네 시를 쭈욱 읽어보는데 이제는 거의 없어진 것들이 살아서 제대로 꽃을 피워내고 푸우 하고 숨을 내쉬고 있는 것이 여간 눈물겹지 않았다네.

어찌 요즘의 노래꾼으로 이렇게도 능란하기 이를 데 없는가. 때로는 너무 익어 시들기 시작하는 함박꽃과 같기도 하고 때로는 할머니 이야기 같아서 저 50년대 이후 우리 말씨가 우리 가사나 우리 어투의 그 구수한 솜씨를 잃어버린 터에 그것의 한 군데를 되찾은 것도 같지 않은 바 아닐세그려.

불란서문학 교수고 뭐고 이 토종아 ! 하고 불러도 내 쓸개 밑이나 어디에 스며 있던 그 토종맛이 왈칵 솟아올라 그 맛을 되새기게 하니 이 점 또한 큰 힘이 아닌가.

하지만 자네 시에는 이른바 청춘의 적극이 모자라네. 사람이 나이가 들어도 좀 철딱서니없는 젊음을 지녀야 하거늘 너무 일찍 그것을 식혀버리는 것도 삼갈 노릇이 아니겠는가.

그러나 자네 시가 갖추고 있는 이야기시적인 우월성의 본(本)은 군소리를 잘라낼 줄 아는 기량일세. 이런 장처는 신시 20년대와 30년대에 걸쳐서 우리 시의 역사를 눈부시게 만들었던 겨레의 음조를 자네가 잘도 받아들일 만하다는 귀한 것이라네.

어찌 시인이 오늘에만 목을 매어달 것인가. 더욱이 시의 오늘이란 천고의 빛과 헤아릴 수 없는 먼 장래의 어둠도 다 포태하고 있는 것 아닌가.

다만 내가 자네에게 당부하고자 하는 것은 오늘을 오늘답게 산사나이 있어 도끼로 나무를 찍는 힘으로 우렁찬 노래의 사람이기를 바라는 것이라네.

　왜 있지 않은가. 자네 술 먹고 지랄을 부릴 때의 그 어처구니없는 들짐승 같은 그것! 그것을 잘 더듬더듬 손대어 보노라면 거기에 시인 심호택의 시 끝내줄 터. 이상.

1992년 가을

후   기

술자리 몇번 옮기다 보니 젊음이 날아가고, 씁쓸한 늦공부로 얼마간 벌충이 되나 싶은데 세월이 가뭇없다. 어디 가서 되찾을꼬. 터덜터덜 태어난 곳 쪽으로 와보니 거기 마침 시인들도 살고 있다.

이 암울하고 숨가쁜 시절에 더구나 때늦은 첫 시집으로 왜 한가로이 고향을 찾는가. 물론 스스로 물었으나, 구구한 이유 없이 내 순정한 어린날을 다시 한번 만나보고 거기서 출발하자는 생각이었다.

그래 그 쓸쓸하던 날의 갈피를 뒤져 이 어리석음의 시편들을 건지게 되었다. 하지만 시야를 가릴 수도 있을 친숙한 것의 위험을 모르지 않는 바, 이로써 나는 기꺼이 그 정든 앞개울을 건너야 하겠다.

고은 선생님께 큰절을 올리며, 가차운 글벗들의 우정을 여기서 잊지 못한다. 특히 이시영형을 비롯한 창비 식구들의 신세를 어찌 갚을꼬. 창을 여니 미륵산 아래 와 있던 가을이 코앞에 다가선다.

1992년 9월

심   호   택

창비시선 109

하늘밥도둑

초판 1쇄 발행/1992년 12월 15일
초판 10쇄 발행/2014년 2월 18일

지은이/심호택
펴낸이/강일우
펴낸곳/(주)창비
등록/1986년 8월 5일 제85호
주소/413-120 경기도 파주시 회동길 184
전화/031-955-3333
팩시밀리/영업 031-955-3399 · 편집 031-955-3400
홈페이지/www.changbi.com
전자우편/lit@changbi.com